Carl Albert Leopold von Stengel

# Ein bayerischer Staatsmann

Antigonos

Carl Albert Leopold von Stengel

# Ein bayerischer Staatsmann

Unveränderter Nachdruck der Originalausgabe von 1866.

1. Auflage 2024  |  ISBN: 978-3-38637-324-1

Antigonos Verlag ist ein Imprint der Outlook Verlagsgesellschaft mbH.

Verlag: Outlook Verlag GmbH, Zeilweg 44, 60439 Frankfurt, Deutschland, info@outlook-verlag.de
Vertretungsberechtigt: E. Roepke, Zeilweg 44, 60439 Frankfurt, Deutschland
Druck: Libri Plureos GmbH, Friedensallee 273, 22763 Hamburg, Deutschland

# Carl Albert Leopold

# Freiherr von Stengel

## Ein bayerischer Staatsmann.

———

— Justum et tenacem propositi virum —

München

Druck von F. Straub

1866.

Selbst ist der Mann: so sagt sich seit Jahrhunderten
unser Volk, und mit nationalem Stolze begrüßen wir die alte
Rede, denn es giebt noch Männer unter uns, welche damit ge=
zeichnet werden. Ein solcher, wie ihn das deutsche Herz will
und der deutsche Mund preißt, war der am 5. December 1865
zu München, im zweiunbachtzigsten Lebensjahre verstorbene, qu.
k. bayerische Appellations=Gerichts=Präsident Frhr. Carl von
Stengel. Seine Laufbahn, als Staatsmann, zumal als Ver=
waltungsbeamter und Leiter eines höheren Gerichtshofes, ist so
bedeutend, so reich an Ereignissen und wichtigen Erfolgen ge=
wesen, daß es Pflicht ist, sein Bild an den Zeitgenossen vor=
überzuführen, nachdem Er selbst schon aus des Lebens Kreisen
getreten.

Carl Alb. Leop. Frhr. von Stengel wurde zu Bieder=
stein bei München am 27. October 1784 geboren. Sein Vater
war der churfürstliche Cabinets=Secretär und nachmalige General=
Commissär des k. b. Obermainkreises Stephan Chr. Frz. Nik.
Frhr. von Stengel (geb. 6. Oct. 1750, gest. zu Bamberg 1822),
seine Mutter Mariane von Blesen aus Mannheim. Die Stengel

1*

stammen aus dem Hohenzollern'schen *), und haben seit 150 Jahren dem churpfälzischen Regentenhause nicht wenige, durch Talent und Charakter ausgezeichnete Staatsmänner geliefert. Unseres Carl's v. Stengel Großvater Joh. Georg hinterließ eine zahlreiche Nachkommenschaft, die sich zum Theil dem Dienste ihres Adoptiv-Vaterlandes Baden gewidmet hat, in seinem Vater Stephan aber sich in Bayern fortsetzte, als Carl Theodor, Maximilians III. Erbe, in die Herrschaft der bayerischen Lande eintretend, nach München übersiedelte. Hier fand Stephan v. Stengel, des Churfürsten Cabinets-Secretär, einen erweiterten Geschäftskreis, dem er, ein vielseitig gebildeter, kenntnißreicher, frei- und kunstsinniger Staatsmann, sich vollkommen gewachsen erprobte. Er war auch Mitglied (und Vice-Präsident) der damaligen churbayerischen Akademie der Wissenschaften. Sein Haus galt als Mittel- und Sammelpunkt von allen hervorragenden Persönlichkeiten der Stadt, Staatsdienern, Künstlern und Gelehrten. Um die geselligen Tugenden des Hausvaters und die anmuthige Würde der Mutter, einer altdeutschen Frau, die neben Gellert auch Lessing und Goethe las, gruppirte sich nach und nach ein Kreis von fünf kräftigen Söhnen und sechs blühenden Töchtern. Von jenen war Carl der dritte, und so wuchs er auf, begünstigt von allen Vortheilen einer liberalen

---

*) Paul Stengel, Urgroßvater Stephans, war Oberamtmann und Canzler in Sigmaringen. Dessen Sohn Franz Joseph, churpfälzischer Geheime Rath und Referendär erhielt 1740 das Adelsdiplom; Johann Georg, Vater Stephans, nahm in Mannheim während einer langen Reihe von Jahren einen einflußreichen Posten ein: er war geheimer Rath, geheimer Canzleidirektor, Cabinetssekretär, Vizecanzler des Hubertusordens und Präsident der churpfälzischen Akademie der Wissenschaften. Churfürst Carl Theodor erhob ihn, als Reichsvicar, am 18. Juni 1788 in den Freiherrnstand.

Erziehung im glücklichen Familienkreise. Als Hauslehrer wirkten auf ihn vorzüglich der nachmalige geistliche Rath Johann Schmidt, ein lebhafter mathematischer Kopf, in welchem, wie die Geschichte der Lithographie erzählt, der erste Gedanke an diese Kunst erwacht seyn soll, und der gelehrte Deggl, welcher als Bibliothekar und Stadtpfarrer zu Ingolstadt starb. Mit jenem lernte der junge Carl experimentiren, mit diesem das classische Alterthum würdigen. In dem Münchner Gymnasium, wo Zaubzer Philosophie und Flurl Naturgeschichte lehrte, erhielt er die weitere akademische Vorbildung. Auf der Universität zu Landshut widmete er sich dann zwei Jahre lang juridischen und kameralistischen Studien. Unter seinen Lehrern nennen wir Feuerbach und Gönner. Der wißbegierige Jüngling ergriff aber auch jede andere Gelegenheit, sich unmittelbare Einsicht in Gebieten des Wissens zu erwerben, welche die Jünger der Themis nicht häufig betreten. Stengel war vom regsten Drange nach universeller Ausbildung beseelt. Er observirte am Sternenhimmel und im botanischen Garten, er stand an der Drehbank, schliff Gläser und machte Barometer, man sah ihn im anatomischen Theater, ja er assistirte mit dem Gleichmuthe eines geprüften Praktikers dem berühmten Chirurgen Hofrath v. Winter bei blutigen Operationen. Ein drittes Studienjahr durchlief er auf der Hochschule Würzburg, welche, durch den Reichsdeputations-Hauptschluß von 1803 an die Krone Bayern für die verlornen Rheinprovinzen übergegangen, sogleich im Geiste einer liberalen Curatel gepflegt wurde.

Als Stengel die Universität verließ war er eine gewinnende Erscheinung, dergleichen uns eben nicht häufig begegnen. Ein hoch- und markig gebauter, wohl getragener junger Mann, Freimuth, Charakter und Energie in den Zügen, in seinen Umgangsformen sicher und angenehm, beredt in mehreren Sprachen, ein fertiger Zeichner, ein trefflicher Reiter, Schütze und Jäger, unmittelbar im Erkennen der Menschen und im Ergreifen der Situation: so zeigte er sich an der Oberfläche. Wer ihm aber näher kam, der fand, daß dieser junge Mann, von gefeierten Lehrern tüchtig unterrichtet, frei von Vorurtheilen auf Menschen und Dinge blickend, durch selbstständiges Nachdenken zu unbefangenem Urtheil gelangt, mit Leidenschaft auch die philosophischen Systeme des Alterthums wie der Neuzeit durchmusterte und daß er rastlos bei der Methode der Classiker und bei den realen Erwerbungen der modernen Wissenschaft in die Schule gieng; — daß ihn ein tiefes Pflicht= und Ehrgefühl beherrschte, aufgebaut auf der Ueberzeugung vom sittlichen Berufe der Menschheit. Stengel dachte sich die Welt als einen der höchsten Vereblung zustrebenden Organismus; für dieses Ziel habe jede Existenz nach ihrem Maaß und Gewicht mitzuwirken; der Mensch, ein Weltbürger, sey dazu vorzugsweise durch den Ruf in's Daseyn verpflichtet. Solche Ueberzeugungen durchziehen alle Beschlüsse und Handlungen eines langen und vielseitigen Lebens. Sie bilden die Unterlage seines entschiedenen, festen Charakters, und in seiner staatsmännischen Laufbahn hat er sie, begabt mit einer energischen und fast unwiderstehlichen Willens= und Thatkraft, ohne Wandel und Rücksicht so gleichförmig bethätigt, daß wir sein volles Wesen bezeichnen mit dem Worte: er sey im Glauben an die Menschheit stets ein unzweideutiger Freund und Kämpfer des gesunden Fortschrittes gewesen.

Früh schon muß diese Persönlichkeit den Eindruck ungewöhnlicher Begabung und Charakterstärke hervorgebracht haben, denn schon im dreiundzwanzigsten Lebensjahre sehen wir Stengel in das öffentliche Leben eintreten. Nach einer kurzen Uebungspraxis ward er (2. October 1807) auf die in damaliger Zeit höchst schwierige Stelle eines Verwesers des Landcommissariats zu Lichtenfels in Franken berufen. Es galt auf diesem Posten vorzugsweise, für die französischen und verbündeten Armeen als Marschcommissär zu wirken, und das Verpflegungsamt mit Umsicht und Thatkraft zu führen. Die Aufgabe war belastet mit einer schweren Verantwortlichkeit, umgeben von persönlichen Gefahren und Schwierigkeiten aus Freundes- und Feindeshand. Es fehlte in diesem ersten Staatsdienste nicht an Gelegenheit die volle Schattenseite jener nationalen Katastrophe kennen zu lernen, welche die ersten Decennien des Jahrhunderts erfüllt und den Beruf eines treuen patriotischen Beamten mit so viel Bitterkeit versetzt hat. Da mußte er sich von der unglaublichen Niederträchtigkeit gar mancher französischer Groß- und Klein-Despoten, von ihrer eckelhaften Anmassung, Herrsch- und Habgier unmittelbar überzeugen.

Zur höchsten Zufriedenheit der Staatsregierung ward diese erste Probe seiner Amtsthätigkeit abgelegt und ihm deßhalb im Jahre 1809 (26. Juli) der Auftrag ertheilt, den nach Tirol abgesendeten k. Hofcommissär Grafen v. Rechberg (auch v. Mieg, der spätere Minister und Bundestags-Gesandte, war der Commission beigegeben) als Adjunct der Commission zu begleiten. Seiner dort bezweckten Verwaltungsthätigkeit ward aber durch die ausbrechende Insurrection und die folgenden Kriegsereignisse ein baldiges Ziel gesetzt.

Seine Neigung zog ihn zum Dienste der innern Verwaltung. Zu diesem Zwecke bewarb er sich um den Rathsacceß bei der k. Regierung in Baireuth. In diese Function, welche etwa der eines Regierungsassessors nach den gegenwärtigen Normen gleichkommt, wurde er unter dem 11. Januar 1811 als erster Rathsaccessist ernannt, und bald darauf trat er zu München in dieselbe Stelle bei der Kreisregierung des Isarkreises über.

Bayern machte nach dem Rieder Vertrag seine „Legionen mobil", und Tausende strömten herbei zum Dienste der Waffen. Auch Stengel bot sich zum Eintritt in die Reihen der Freiwilligen an, erhielt jedoch unter Anerkennung seines Patriotismus den Bescheid, daß über die Art seiner Dienstleistung anderweitige Verfügung erfolgen werde. Während er sich dann um die Verleihung einer Landrichterstelle bewarb, überraschte ihn am 10. Oktober 1813 die Berufung zum zweiten Civilcommissär bei dem v. Wredischen Armeecorps, unter Beförderung zum Kreisrathe.

Unter dem Kanonendonner der Schlacht von Hanau trat er in den neuen Beruf ein. Mit dem k. bayerischen Feldpost= meister Gschick, der die aus München für den Oberbefehlshaber Graf v. Wrede bestimmten geheimen Depeschen bei sich trug, kam er auf's Schlachtfeld; sein Gefährte fiel töblich getroffen; unter einem Hagel auf ihn abgefeuerter Kugeln nahm er die Depeschen und glücklich übergab er sie dem Marschall, der bald darauf auch einen lebensgefährlichen Schuß empfieng. Das war die erste Probe jener kaltblütigen Geistesgegenwart, die ihn dem tapfern Feldherrn so werth machte, daß er ihn fortan stets mit väterlichem Wohlwollen behandelte. v. Stengel blieb im Hauptquartiere, wo auch alsbald Prinz Karl von Bayern erschien, und theilte die Kriegsgefahren, bis nach dem Ueber= gange der Verbündeten über den Rhein und dem Einmarsch des verbündeten k. bayerischen und k. k. österreichischen Truppencorps in das Ober=Elsaß und Lothringen, sich ein neuer, seinem orga= nisatorischen Talente ganz vorzüglich entsprechender Schauplatz eröffnete.

Der bayerische Feldherr, welcher bald darauf zum Feld= marschall und Fürsten erhoben wurde, hatte für Rechnung von Bayern und Oesterreich die beiden in Besitz genommenen

Departements des Oberrheins und der Vogesen zu verwalten. Es geschah dieß, indem sich Wrede der Besitzergreifung dieser Gebietstheile durch die Centralverwaltung der eroberten Länder durch Frhrn. v. Stein lebhaft widersetzte und sie ausschließlich für Rechnung der beiden alliirten Monarchen kräftig behauptete. Für die Verwaltung besagter Departements wurden zwei Präfectur-Commissionen in Kolmar und Epinal bestellt. Die erstere wurde von bayerischer Seite mit dem k. bayerischen Armee-Civil-Commissär Frhrn. v. Stengel (unter dem 4. Januar 1814), von österreichischer Seite mit dem k. k. Kriegs-Commissär von Sonnleithner besetzt; nach Epinal aber kamen der k. bayerische Armee-Civil-Commissär (später Minister und Regentschaftsmitglied in Griechenland) Graf v. Armansperg, und der k. k. österreichische Kriegs-Commissär v. Polzer.

Die Aufgabe, welche hier unserm Stengel zufiel, war groß und schwer. Es galt, in einem Lande, das der Feind erst kürzlich in einem Zustande vielfältiger Auflösung und Unordnung zurückgelassen hatte, den Verwaltungs- und Finanzdienst herzustellen, die verlassenen Aemter in geeigneter Weise wiederzubesetzen, die öffentliche Ruhe kräftig aufrecht zu halten, unter möglichster Rücksicht auf die Interessen der Bürger, einen geordneten und gleichmäßigen Lieferungsdienst für die Verpflegung der vorrückenden und der in der Nähe des Rheins stehenbleibenden Truppen zu organisiren, die eroberten Provinzen nachhaltig und gerecht bei der Mittragung der Kriegslasten zu betheiligen, für die aus dem westlichgelegenen Kriegsschauplatz gekommenen Krankentransporte Spitäler einzurichten, mit dem nöthigen Materiale und ärztlichen Personale zu versehen und gegen die betrügerischen Eingriffe von Lieferanten zu sichern.

Diese deutschen, patriotisch gesinnten Verwaltungsbeamten waren vor Allem von dem Grundsatz belebt, daß das eroberte, zum Theil noch an früherer Erschöpfung leidende Land in strenger Rechtlichkeit, in sorgfältiger Milde zu administriren sey. Sie mußten, wie in Deutschland der Feind Plünderung, Erpressung, Aussaugung geübt hatte; konnten sich für das Gegentheil daran ein Beispiel nehmen.

Aber nicht leicht war es, in der Nähe eines heißen Krieges zwischen dem Fanatismus aufgehetzter Massen, unter den Ränken fortwährend eingeschmuggelter Aufwiegelung, im Kampf mit Verrätherei und Meuchelmord den vorgezeichneten Weg einer leidenschaftlosen, besonnenen, gerechten und menschenfreundlichen Verwaltung zu gehen.

Kaiser Napoleon hatte die -französischen höheren Administrativ- und Justiz-Beamten in Masse von ihren Stellen abgerufen und in das Innere von Frankreich gewiesen. Dennoch trat in dem öffentlichen Dienste keine wesentliche Störung ein, denn die niederen Beamten waren auf ihren Posten verblieben, und aus dem Nachbarlande Baden und Bayern konnten, soweit nöthig, junge, kräftige, von Patriotismus gehobene Individuen beigerufen werden.

Eine ebenso wichtige, als gefahrvolle Amtsthätigkeit fiel unserm Stengel bezüglich der Gesundheitspflege zu. Der Lazareth-Typhus hatte sich in mehreren Gegenden auf eine sehr beunruhigende Weise verbreitet. Mit großer Strenge wurde demnach Aufsicht geübt. Die Contracte über die Lieferung der Nahrungs- und Arznei-Mittel in die Spitäler wurden sorgfältig überwacht. Baron v. Stengel, dessen Nervensystem in Folge geistiger und gemüthlicher Aufregungen und angestrengter Arbeiten erschüttert worden (in Kolmar bei Inspection des Lazareths war ihm zu großem Entsetzen ein Kranker in vollster Fieberraserei entgegengesprungen), hatte mehrere Krankheitsanfälle zu bekämpfen, deren

Nachwirkungen sich selbst in späten Jahren noch manchmal geltend machten.

Im Gefolge des Pariser Friedens (30. Mai 1814) war eine Uebereinkunft der Alliirten über die provisorische Verwaltung der Länder des linken Rheinufers getroffen worden, wonach die zwischen dem Rhein, der Mosel, Saar und der neuen französischen Grenze liegenden Provinzen*) einer provisorischen Landes-Administration untergeben wurden, welche in Kreuznach ihren Sitz hatte und aus k. k. österreichischen und k. bayerischen Commissarien bestand (Stadt und Festung Mainz kamen unter k. k. österreichische und k. preußische Administration). Diese oberste Landesbehörde (vom 16. Juli 1814 an in Wirksamkeit) bestand österreichischer Seits aus dem Hofrathe v. Droßbik und dem Kreis-Commissär v. Sonnleithner, bayerischer Seits aus dem Kriegs-Oekonomierathe v. Knopp und dem Grafen v. Armansperg. Das Präsidium wechselte unter den beiden erstgenannten Commissären, bis einige Wochen später in den Personen des k. k. österreichischen Geh. Rathes Frhrn. v. Heß und des bayerischen Geh. Rathes v. Zwackh besondere, alle vierzehn Tage alternirende Präsidenten ernannt wurden. Um diese Zeit traten noch der österreichische Bank-Administrations-Assessor v. Moshardt und der k. bayerische Kreisrath Frhr. v. Stengel ein. Wir erwähnen diese eigenthümlichen Verhältnisse, weil sie einen Einblick in die besondern Schwierigkeiten gestatten, unter

---

*) Nach den Pariser Uebereinkünften war dieser bedeutende Landestheil als Entschädigung Bayerns für seine Abtretungen an Oesterreich bestimmt; durch die Wiener Congreßacte jedoch gieng dieß nur zum kleinern Theile in Erfüllung, während das Uebrige an Sachsen-Coburg, Oldenburg, Hessen-Homburg und (das Arrondissement Mainz-Alzei) an das Großherzogthum Hessen gelangte.

welchen ein ausgedehntes, aus mehreren Departements und Departements-Theilen zusammengesetztes Gebiet verwaltet werden mußte. Stengel nahm wiederum wesentlichen Antheil an diesen nach Innen wie nach Außen complicirten Regierungsgeschäften.

Nachdem durch die Wiener Congreß-Beschlüsse das Gebiet auf dem rechten Moselufer bis an die Nahe u. s. w. vorläufig der Krone Preußen zugetheilt worden war, verlegte die öster-reichisch-bayerische Landes-Administration (Anfangs Juni 1815) ihren Sitz nach Worms, wobei abermalige Veränderungen im Verwaltungspersonale eintraten (für Geh. Rath Frhr. v. Heß Hofrath v. Droßdik, für den Kriegsrath v. Knopp, Hofrath Nau, für Hrn. v. Mosharbt der k. k. österreichische Gouverne-mentsrath Frhr v. Puschmann). Während des Aufenthaltes in dieser alten Reichsstadt erhielt der Kreisrath Baron v. Stengel (Januar 1816) den k. k. österreichischen Leopoldsorden, als Anerkennung für seine mit stets gleicher Energie und feinem staatsmännischen Urtheil geführten Geschäfte. In Folge des Münchner Staatsvertrages zwischen Oesterreich und Bayern (14. April 1816) gieng der bisherige Verwaltungsbezirk mit den durch den zweiten Pariser Frieden (20. November 1815) von Frankreich abgetretenen Cantonen Landau, Bergzabern und Kandel definitiv an die Krone Bayern über, und als oberste Regierungsbehörde dieser wieder erworbenen Stammlande wurde zuerst eine Hofcommission unter Geh. Rath v. Zwackh-Holzhausen, dann eine Regierung der bayerischen Lande am Rhein (15. August 1816), mit collegialer Verfassung in zwei Abtheilungen in Speier eingesetzt. Frhr. v. Stengel erhielt hier, anfangs als dirigirender Rath (19. August 1816), dann als Director der I. Abtheilung für staatsrechtliche und innere Angelegenheiten (19. März 1817) einen ausgedehnten, aber seinem ordnenden Geiste und seinem energischen Character angemessenen Wirkungskreis. Das Gemeinde-

und Stiftungswesen, der öffentliche Unterricht, die Medicinal-Angelegenheiten waren Gegenstand seiner Amtssorgen.

Viele der hier durchgeführten Verwaltungs-Maßregeln waren schon während der früheren Amtsthätigkeit zu Worms eingeleitet oder vorbereitet worden. Wir erwähnen davon insbesondere die Reorganisation der kirchlichen und der Schulverhältnisse. Unter der französischen Verwaltung hatten nämlich eine Menge von Local-Consistorien, gewissermaßen wie Cantonal-Einrichtungen, bestanden, und die subjectiven Anschauungen der einzelnen Vorstände öffneten einer unglaublichen Zerfahrenheit in kirchlichen Angelegenheiten Thür und Thor. Die Einsetzung eines General-Consistoriums in Worms und die Bildung von Districts-Decanaten mit den in Bayern bestehenden Befugnissen und Geschäftsformen, die Uebertragung analoger Normen für die Prüfung, Anstellung und Beförderung der Geistlichen, wie sie in Bayern diesseits des Rheins galten, waren demnach ebenso dringlich gebotene als in ihrer Wirkung heilsame Maßregeln.

Hiemit gieng die Organisation der Schulaufsicht und ihrer Behörden gleichen Schritt.

Am 27. März 1817 erschien die königliche Verordnung über die Einführung der Kreisregierungen. Sie bestimmte für jeden der acht Kreise des Königreiches eine oberste Verwaltungsstelle mit zwei Kammern, des Innern und der Finanzen, und war auch maßgebend für die Regierung der bayerischen Lande am Rhein, wenn schon vorzugsweise nur in formeller Beziehung, indem die bisher bestandenen Competenz-Beziehungen nahezu beibehalten wurden.

In der Eigenschaft eines Directors der Kammer des Innern setzte Frhr. v. Stengel seine Bestrebungen für das Wohl des nunmehrigen Rheinkreises mit gewohntem rühmenswerthen Eifer unter allseitiger Anerkennung fort. Er hatte das Glück unte

einem Präsidenten wie v. Stichaner zu wirken. Beide Staatsmänner waren von gleichartigen freisinnigen Principien geleitet
und arbeiteten für das geistige und leibliche Wohl der ihnen
anvertrauten Provinz in seltener Eintracht. Was wir daher
hier zum Lobe des Einen dieser Staatsmänner zu berichten
haben, mag eben so auch zum Lobe des Andern gelten. Die
günstigen, jetzt noch im Lande gesegneten Erfolge einer langen
Verwaltungsperiode, während welcher zwei so bedeutende Männer
zusammenwirkten, waren eben in der gegenseitigen Ergänzung
und Ausgleichung zweier Individualitäten gegründet, die tief
verschieden in Begabung und Naturell, in den Brennpunkten
ihres Wesens, in Rechtsgefühl, Menschenliebe und Patriotismus
vollkommen zusammentrafen. v. Stichaner behutsam, gelassen,
Schritt für Schritt durch sorgfältige Beobachtungen auf Reisen
durch die Provinzen von vielen Einzelheiten unterrichtet;
v. Stengel feurig, genialer Erfasser der Menschen und Zustände:
so wirkten sie in jener höheren Einheit zusammen, wie die zwei
homerischen Helden auf Einem Streitwagen, der Eine Rosse
lenkend, der Andere kämpfend.

Wenige Monate einer solchen Amtsverwaltung reichten
hin, um dem Monarchen die volle Tüchtigkeit des hochbegabten
Mannes zu bethätigen. Am 12. Oktober 1817 wurde ihm
der Civilverdienstorden der bayerischen Krone verliehen. In diesem
Jahre 1817 schloß v. Stengel ein segensvolles Ehebündniß
mit Julie v. Meyer, der ältesten Tochter des auch als Gelehrten
rühmlich bekannten Frankfurter Rathsherrn, später ersten Bürger-
meisters, Appellationsgerichtspräsidenten und Bundestagsgesandten,
Johann Friedrich v. Meyer.

Schon liegt jene Zeit, da Stengel mit energischer Hand
an der Beruhigung, Ordnung, Belehrung und staats- wie volks-
wirthschaftlichen Belebung der bayerischen Pfalz arbeitete, als

eine abgeschlossene Epoche hinter uns. Sie gehört, wie der Mann selbst, bereits der Geschichte an, und mit Unbefangenheit, frei von den Schlagschatten der Parteileidenschaft oder mißliebiger Vergleichungen läßt sie sich schildern. Da ist denn vor Allem hervorzuheben, daß die lange Periode, welche Stengel in der Pfalz, von 1816 bis 1837, verlebt hat, sich als die eines rührigen, wohlwollenden, freisinnigen, dem gesunden Fortschritte huldigenden, bürgerfreundlichen Regimentes zeichnet. So ist es in der Provinz selbst noch gegenwärtig in gutem Andenken, und so ward es (1. Januar 1838) von dem Stadtrathe von Speier ausgesprochen, als er Stengeln das Ehrendiplom als „erstem Bürger" der Stadt ertheilte, „zum Beweise der Verehrung und der Dankbarkeit für Stengels langjähriges, bürgerfreundliches Wirken in der Pfalz."

In der That, wenn er im Jahre 1838 aus diesem schönen Lande, das ihm eine zweite liebe Heimath geworden war, in die östlichen Provinzen des Königreiches zurückkehrte, so durfte er mit freudiger Genugthuung auf sein dortiges Werk, ein Werk thätiger Tage und glücklicher Jahre, zurückblicken. Unsere westlichen Nachbarn, die so gerne den Namen „der von der Vorsehung berufenen Civilisatoren" beanspruchen, hatten in dem durch Krieg überkommenen Lande eine Verwaltung eingeführt, welche, abgesehen von den Vortheilen gewisser höchst wohlthätiger legislativer Institutionen, sich jedoch immer wie eine Raubwirthschaft darstellte. Dem deutschen Geiste, der in dem lebensfrohen, frischen, fleißigen, freimüthigen, geistig entwickelten Stamme der Pfälzer pulsirt und ihn den östlicheren Stämmen des gemeinsamen Vaterlandes mit diamantenen Ketten der Neigung und eines höheren Patriotismus verbrüdert, war während der französischen Herrschaft gar manche tiefe Wunde geschlagen worden. Aber bald athmete das Land froher auf, als ihm eine freisinnige, wohlwollende, offenherzige Verwaltung entgegenkam.

Dieses deutsche Land, schon von den Stürmen des Krieges hart mitgenommen, welcher es dem Frankenreiche hinzugefügt, hatte, während der napoleonischen Kriege gegen Oesterreich, Preußen und Rußland, an allen Opfern und Drangsalen dieser außerordentlichen Weltereignisse Theil nehmen müssen; und sah es auch in der von der Natur reichbedachten Provinz, nachdem sie an die Krone Bayern zurückgekommen war, nicht gerade aus wie in einer eroberten Festung, so konnten doch dem Blicke der Verwaltung tiefgehende und folgenschwere Schäden und Gebrechen nicht verborgen bleiben. Da fand man vernachläßigte Kirchen, — veröbete und seltene Schulen, — das geistliche und das Lehramt nur ungenügend in Zahl, zum Theil auch rücksichtlich der Vorbildung vertreten, — die Dotationen schwach und verschleudert, — das Straßennetz, mit Ausnahme der Kaiserstraße von Metz nach Mainz, auf welcher sich fortwährend die Zuzüge zu den Armeen des siegreichen Kaisers bewegten, in einem bedauerlich verkommenen Zustande, — der Landbau ohne hinreichende Hände in einem kläglichen Verfall, die Viehzucht, früher blühend, zurückgegangen, der Bodencredit gelähmt, die Wälder geplündert und unwirthschaftlich behandelt, — die Industrie schwach oder in einzelnen Zweigen auf Kosten der übrigen eine Treibhauspflanze, der Handel gefesselt, — die Schiffahrt auf dem herrlichen Strome im Stocken, — viel Armuth in dem volkreichen Lande, — viel Noth an einzelnen Orten, — der öffentliche Dienst noch nicht überall durch Beamte vertreten, die der neuen Regierung ächte Sympathien entgegenbrachten. Zu alle dem kam noch das Hungerjahr von 1816 auf 1817.

Es gab also hier für eine wohlwollende, einsichtsvolle Regierung viel zu thun, und mit Feuereifer lag Stengel seinem

Amte ob, als Director getragen von dem Vertrauen seines nächsten Vorstandes v. Stichaner, der gerne den muthigen Entwürfen des jüngeren Freundes sich anschloß und mannhaften Fortschritten freie Bahn ließ. Das Vermögen der Gemeinden hatte während der französischen Herrschaft große Einbußen erfahren. Sie waren von der Regierung selbst gezwungen worden, viele ihrer Besitzthümer zu veräußern (so daß ihr Patriotismus sogar manches Eigenthum zu verheimlichen Veranlassung fand). Nun galt es die Liquidation und Tilgung der Gemeindeschulden und die Herstellung des Credits. In die dafür ernannte Commission wurden neun Männer deputirt, unter denen zumal der Regierungsrath Löw, ein genialer, tiefgesetzkundiger Mann, die Absichten der Kreisvorstände kräftig fördern half. Bald wurde auch Hand an die Verjüngung der kirchlichen Baulichkeiten gelegt. Man unternahm die Herstellung des alten, unter so vielen politischen Stürmen von Verfall bedrohten Doms in Speyer. Das erhabene Bauwerk erhielt schon damals die erste Pflege. Jetzt steht es da, vollendet, wie ein Phönix aus der Asche verjüngt, und auch im Innern durch die Munificenz des kunstsinnigen Königs Ludwig I. verschönert und herrlich ausgestattet.

Von den Kirchen erstreckte sich die Thätigkeit mauerfreudig auf Pfarr- und Schulhäuser; dann auf die Aufbesserung und Vermehrung der Dotationen für Pfarrer und Schullehrer, auf die Errichtung von Schullehrer- und Priester-Seminarien. Mehrere wichtige Kreis-Institute traten in's Leben. Wir erwähnen u. a. das allgemeine Armenhaus, wobei sich Stengel des damaligen Regierungs- (später Staats-) Rathes v. Zenetti als umsichtigen und einsichtsvollen Referenten erfreute. Die zeitweise eintretenden Verheerungen durch Ueberschwemmung mahnten an eine Rheincorrection, und sie wurde in großen Dimensionen durchgeführt.

Das Straßennetz dehnte sich, immer sorgfältiger gepflegt, nach allen Seiten durch das Land, und auf ihm begann ein lebhafter Handel hin- und herzurollen, während die Rheinschifffahrt sich kräftigte. Stengel hatte gute Kenntnisse in Landwirthschaft und Botanik. Er ließ sich daher die Veredlung des Weinbaues und der Agricultur überhaupt sehr angelegen seyn, und der rüstige Unternehmungsgeist reicher Weinbergbesitzer wie die geweckte fleißige Intelligenz der bäuerlichen Bevölkerung kamen seinen patriotischen Bestrebungen auf halbem Wege entgegen. Er erfreute sich an der oft von ihm ausgesprochenen Ueberzeugung: „Den Pfälzern, als gescheidten Leuten, sey leicht predigen." Von Jahr zu Jahr nahmen die Verbesserungen in Auswahl und Anbau der Rebe, in rationeller Behandlung der Lagen und Erdarten, in sorgfältiger Kellerwirthschaft zu. Und während der patriotische Finanzminister Frhr. Max v. Lerchenfeld, ein Freund Stengel's, keine Gelegenheit unbenützt ließ, dem edlen Gewächse der Pfälzer Gauen neue Handelswege zu eröffnen, wurden die Weine des gesegneten Landes Kosmopoliten; sie zeigen sich nun den gepriesensten Weinen ebenbürtig auf dem Weltmarkt.

Auch im Forstwesen wurden wesentliche und tiefgreifende Verbesserungen vorgenommen; Staats- und Gemeinde-Waldungen von wissenschaftlichen Forstmännern und wohlgeschulten Unterbeamten gepflegt, bedecken nun, als ein wahrer Nationalreichthum, die Hügel der Pfalz. Stengel nahm sich dieser nützlichen Culturen thätig an, um in ihnen einen Nerv der Volkswirthschaft zu stärken. Neben diesen neuen Forsteinrichtungen wurde auch der Bergbau gepflegt; Eisen- und Kohlenindustrie traten in eine neue Periode günstigerer Entwicklung. Mit besonderer Vorliebe wurde eine Kreisbaumschule neben einem botanischen Garten in Speier eingerichtet, und gegenwärtig umgrünt den erhabenen Dom eine englische Anlage, die, von Boden und Klima begünstigt, eine Menge seltener Bäume und Ziersträuche beherbergt. Die alten Mauern des Doms empfangen nun den Schatten von Gewächsen aus Welttheilen, von denen seine ersten Erbauer nichts wußten! „Ist das nicht ein schönes Symbol des ewigen Fortschrittes in der Menschheit?" So äußerte sich Stengel mit einem ächt philanthropischen Behagen über diese Schöpfung, die er gar gerne als die seinige betrachtete.

Vor mehr als hundert Jahren war in dem Herzogthume Zweibrücken die Pferdezucht mit großem Erfolge getrieben. Das dortige Landgestüte hatte einen schönen, sehr kräftigen Mittel= schlag von Rossen erzeugt, die besonders in Frankreich große Anerkennung fanden. Aber während der Revolutionsstürme war diese wichtige Cultur gänzlich in Verfall gerathen. Sie wurde durch Stengel, dessen Absichten der erfahrene Gestüts= Director von Failly thätigst unterstützte, binnen zwanzig Jahren wieder zu Blüthe und Frucht gebracht. Stengel hatte eine seltene Kenntniß von der Natur und den Raçen des Pferdes, von Pferdezucht und Gestütswesen, sorgte mit Vorliebe für die Ein= führung von edlen Zuchtthieren aus dem Oriente und eröffnete den wohlwollenden Absichten der Regierung für diesen Cultur= zweig thätige Theilnahme bei der bäuerlichen Bevölkerung. Seine biedere, ungeschminkte Freundlichkeit gewann Herz und Kopf eines Volksstammes von so gesunder Empfänglichkeit.

Wenn derartige Fürsorgen des vielgliedrigen Amtes ihn in die freie Natur führten, wo er neue Elasticität des Geistes holte, so fehlte es auch nicht an schwierigen Arbeiten im Cabinete. Besonders wichtig mußte es scheinen, eine gerechte Steuervertheilung durchzusetzen, die Gebrechen und Hemmnisse in der Industrie des Landes auf ihre Grundursachen zu studieren, Verkehrshindernisse mit den Grenznachbarn zu beseitigen, Vor=

schläge für Verbesserung des Zollsystemes zu meditiren, dem
Anschlusse an die Nachbargebiete Wege zu erleichtern, Erhebun-
gen vorzunehmen, welche die Anbahnung des Zollvereines erleichtern sollten.  Wenn auch manche dieser Aufgaben nicht in
den unmittelbaren Geschäftskreis Stengel's gehörten, so eignete
er sie sich doch mit der ihm naturgemäßen Lebendigkeit an,
weil er in der Maschine der Staatsverwaltung nur Eine Be-
wegungskraft, nur Ein System harmonisirter Thätigkeiten an-
erkennen könnte und wollte. „Sehen Sie," sagte er, „auf wohl
regierte Staaten, auf glücklich verwaltete Gemeinschaften, so
werden Sie immer finden, daß ihr höchster Segen aus der
richtigen Einsicht in die Einzelnheiten und aus der ungestörten
Einfachheit des Principes stammt, das für die Bedürfnisse
Vieler, ja Aller abgeleitet wird.  Nicht darin besteht die Kunst
eines menschenfreundlichen und getreuen Leiters der Verwaltung,
daß er in allen Winkeln des Landes herumknuspert, um da
einen Nagel einzuschlagen, dort einen auszuziehen, — sondern
darin, daß er sich, aus Selbstsehen und zuverlässigen Berichten,
einen recht vollständigen Ueberblick verschafft von dem, was der
Bürger hat, was er nicht hat, was er braucht, und wie er's
am leichtesten zu seinem und der Mitbürger Vortheil erlangen
kann.  Weil aber der Mensch ein wandelbares Wesen ist und
oft viel mehr abhängig von seinen Wünschen als von seinen
wirklichen Bedürfnissen, so muß der, welcher für des Andern
Wohlseyn arbeiten soll, immer wissen: woher der Wind
geht, denn der weht den Leuten ihre Wünsche an wie den
Schnupfen.  Da nach muß denn auch die Maschine gestellt
werden, damit Räder und Spulen in richtiger Combination
laufen."

Solche Betrachtungen boten sich in der Pfalz immer an;
denn ein Wunder wäre es gewesen, wenn das Land gleichsam

wie im Zauberschlage eine vollständige und durchgreifende Assimilation mit dem Mutterlande empfunden hätte. Der Rückschlag, welcher hie und da Unzufriedene, Unruhige und Ungeduldige an die Oberfläche brachte, kam wie der Wind aus mehreren Weltgegenden. Bald nach der Wiedervereinigung der Pfalz mit dem Mutterlande begann die Auswanderung nach den nordamerikanischen Freistaaten, die während der Revolutionsperiode gänzlich aufgehört hatte, sich aber nun auch hier wieder als ein naturgemäßes Element in der Fortbildung der Menschheit darstellte, gleichwie es ehemals in den griechischen Colonien der Fall war. Es spielten übrigens hiebei auch Verlockungen, theilweise in trügerischer Weise, eine Rolle, wobei die Regierung das Mögliche that, um die Auswandernden vor Contractswidrigkeiten, Erpressungen, Ueberlistung und Ausplünderung auf und jenseits der See zu schützen. Viele kehrten zwar, nach kürzerer oder längerer Zeit, aus freier Wahl in's Vaterland zurück. Aber die Correspondenz mit den jungen Bürgern Nordamerika's begann schon damals wie ein politisches Ferment auf die Leichterregbaren unter den Zurückgebliebenen zu wirken. In dem benachbarten Frankreich fehlte es auch nicht an Leuten, die, lahm gelegt in ihren Hoffnungen und Entwürfen, ihre Verdrießlichkeit über die Grenzen schmuggelten. Es waren nicht blos Schwindler und Utopisten, sondern auch französische Patrioten, deren Unbehaglichkeit im eigenen Hause in Symptome eines Annexionsfiebers umschlug. So wurden denn, nach der Julirevolution, auch in der Pfalz einige politische locale Fieberanfälle bemerkt, aber stets durch das, auf Wägen nach den Erkrankungsheerden beorderte Militär wieder rasch beschwichtigt. Stengel war aber nicht zunächst dafür ausersehen, persönlich den Unruhen entgegenzutreten, welche im Jahre 1832 mit dem Hambacher Feste culminirten, denn schon früher, am 13. Februar

1832, war er zum Präsidenten der Regierung des Untermain=
kreises in Würzburg ernannt worden.

Man erinnert sich wohl noch unter uns, wie die Juli=
Revolution an vielen Orten ihre bald leiseren bald stärkeren
„Commotionen" hervorgebracht hat. Nachdem Louis Philipp
durch den Volkswillen König der Franzosen geworden war,
giengen die Wellen hoch; — Unruhen in Hessen, Braunschweig,
Sachsen, in der Schweiz, — eine Revolution in Belgien, —
eine in Polen drängen sich alle in das Jahr 1830 zusammen.
Es waren nicht blos politische Zustände, welche in diesen
mannigfaltigen Bewegungen nach Aenderung und Heilung
rangen. Der ungeheure Umschwung der materiellen Interessen,
der anschwellende Factor des Proletariats und der Arbeiter=
Classe machte sich in tausenderlei Wünschen und Strebungen,
in besonnenen Rufen nach gesundem Fortschritt und in bunten,
oft unlautern Utopien geltend. Auch in Unterfranken fand die
Staatsregierung zwischen Strömung und Gegenströmung ein
erfahrenes Ruder am Platz. Sicherlich war auch v. Stengel
der Mann, welcher die Forderungen der Neuzeit mit den Rech=
ten und Pflichten des Regiments zu harmonisiren verstand.

Inzwischen waren auch in Rheinbayern die Rückschläge
aus so vieler Herren Ländern an der Oberfläche fühlbar ge=
worden. Am alten Schlosse von Hambach feierte man in mun=
terster Stimmung ein „Verbrüderungsfest", und es waren doch
nicht immer die „brüderlichsten" Gesinnungen, die dabei das
lauteste Wort redeten. Bedauerliche Störungen der öffentlichen
Ruhe, Untergrabung der gesetzlichen Autorität kamen vor und
verbreiteten eine ernste Stimmung in den Kreisen der Gewal=
tigen. Es erschienen die strengen Beschlüsse des Bundestags
vom 28. Juni und 5. Juli 1832. Heißbewegte Gemüther
werden durch Entfaltung einer bewaffneten Macht noch nicht

beruhigt; es gehört dazu das Vertrauen in die persönlichen Vertreter der Regierungs=Gedanken, die hinwiederum wie Bürgen für die Wohlgesinntheit der Staatsbürger von ihren Oberen geachtet seyn müssen. So schien es denn nothwendig, als Vermittler zwischen Centrum und Peripherie einen Mann aufzustellen, welcher sich in langer Erfahrung und in bereits bethätigten Grundsätzen als einen Träger des versöhnenden Elementes nach Oben und Unten erprobt hatte. Frhr. v. Stengel wurde am 22. Juni 1832 von Würzburg abberufen und als Regierungspräsident. General= und Hofcommissär in den Rheinkreis zurück versetzt. Mit der Einsetzung Baron von Stengel's in das neue Amt wurde der Feldmarschall Fürst von Wrede beauftragt. Er kam zur äußeren Pacification des Landes mit einer Militärmacht von 10,000 Mann, hatte aber keine Veranlassung, von eingreifenden militärischen Maßregeln, die er selbst gern vermied, Gebrauch zu machen. In den vier Hauptorten der Provinz, Speier, Frankenthal, Kaiserslautern und Zweibrücken, führte der Fürst seinen Nachfolger als Hofcommissär persönlich ein.

Diese königliche Mission wurde ihm eröffnet mit den Worten: „Er werde auf den ersten und schwierigsten Vertrauensposten in der Monarchie gestellt", und v. Stengel war sich der hierin liegenden Ehrenbezeugung eben so bewußt, wie auf der anderen Seite der damit übertragenen Pflichten und der Schwierigkeiten, welche seine Stellung umgaben. Es kam bei dem neuen Amtsantritt nicht sowohl die augenblickliche Erhebung einiger Ruhestörer in Betracht, und wie sie unschädlich machen. Es galt vielmehr, alle Gründe zur Unzufriedenheit und Unruhe, welche den Kreis bewegten, bis auf ihre tiefsten Wurzeln zu verfolgen. Der Staat stellte 20,000 Gulden zur Verfügung, um durch die ärmere Classe öffentliche Arbeiten vornehmen zu lassen, was denn auch neben andern moralischen Einwirkungen wesentlich beitrug, die innere Ruhe zu befestigen.

Dieser schöne, fruchtbare Theil Deutschlands, bewohnt von einem vielbegabten, geweckten, erregbaren Volksstamme, ist seiner Lage auf der Weltkarte gemäß ganz besonders dazu angethan, alle Richtungen des Zeitgeistes rasch in sich aufzunehmen und zu verarbeiten. So waren es denn nicht blos Probleme der Politik und Gesetzgebung, welche sich Stengel's klarem Geiste darboten, sondern auch culturhistorische und sociale, d. h. solche, welche die Fortschritte der Cultur und durch diese des gesellschaftlichen Wohlseyns aus einer richtigen Erkenntniß der Vergangenheit und Gegenwart fördern wollen. Es waren mit einem Worte Probleme für einen ächten Staatsmann, die ihm entgegenkamen und Stengel hatte das „Zeug dazu", sie wenigstens theilweise zu lösen.

Schon die Zurückberufung des Mannes, der, vertraut mit den Einrichtungen, den Wünschen und Bedürfnissen der Provinz, sich durch strengste Gerechtigkeit und Integrität, durch Einsicht in und Wohlwollen für viele Einzelinteressen zahlreiche Verehrer und Freunde erworben hatte, mäßigte manche Strebungen, beruhigte manche Befürchtung, beschwichtigte unzeitige Ansprüche und nahm manchem Pfeile die scharfe Spitze. Seine Vergangenheit bot der Provinz die Bürgschaft einer ruhigeren Zukunft. Bald ward die äußere Ruhe wieder hergestellt. Der größte Theil der aufgebotenen Truppenmacht marschirte, schon wenige Wochen nachdem Stengel die Verwaltung des Kreises übernommen hatte, nach den Garnisonen östlich vom Rhein zurück. Ein Verhalten, eben so klug als gemessen, beschwor die hochgehenden Wellen politischer Leidenschaften, und flößte den Gemüthern Vertrauen ein. Einzelnen, von Emissären aus der Fremde angezettelten Ausbrüchen kam man zuvor, andere wur-

ben im ersten Entstehen mit gewohnter Entschlossenheit unter=
drückt. Ein Geist der Unruhe waltete damals gewissermaßen
in allen Ländern Europa's: in Portugal der Kampf zweier
feindlicher Brüder, — in Spanien der so verhängnißvolle Tod
Ferdinands VII. und die Erhebung zum Karlistischen Bruder=
kampf, — in der Schweiz Bürgerkrieg, — in Italien die
Giovane Italia aufgedeckt, — am Sitz des Bundestags ein
toller, leider nicht unblutiger Versuch, Deutschland auf demo=
kratischer Basis neu umzugestalten (3. April 1833), — nach=
dem England und Frankreich die Unabhängigkeit Belgiens aner=
kannt, dieses erst Ende 1832 Antwerpen von den Holländern
für Belgien erobert hatte, die Monarchen der drei östlichen
Mächte in München=Gräz vereinigt, um das Princip der Legi=
timität aufrecht zu halten, der deutsche Bundestag gegen Volks=
versammlungen, Preßfreiheit und freie Bewegung auf den Uni=
sitäten in den Schranken: man muß gestehen, jeder liberale
Verwaltungs=Chef fand in einer solchen Zeit rechts und links
zahlreiche Klippen in seinem Fahrwasser: Vormächte gab es
schon damals in Deutschland. Wir rechnen es Stengeln zu
einem Verdienst um das Gesammtvaterland an, daß er die der
Rheinprovinz mehrmals ernstlich angedrohte Bundesexecution
gegenstandslos zu stellen, so glücklich war. Für Deutschland,
das er noch als ein (freilich krankes) Reich gesehen hatte, trug
er ein warmes Herz im Busen. Es war ihm eine wichtige
Angelegenheit, in einem Grenzlande die nachbarlichen Beziehun=
gen mit Würde und Selbstgefühl zu pflegen. Mit Umsicht
und Schonung wurden auch manche Fragen der Staatswirth=
schaft der Entscheidung näher geführt, die sich nicht immer von
Seite deutscher Nachbarn hülfreicher Sympathie zu erfreuen
hatten. In diesem deutsch=patriotischen Sinne begrüßte
v. Stengel mit inniger Freude die, zuerst von Bayern und

Württemberg angebahnten Zollvereinigungen, die nach und nach die meisten Staaten Deutschlands umfaßten.

Frhr. v. Stengel erkannte in diesem, für das materielle Wohl deutscher Nation so unberechenbar nützlichen Beginnen einen naturgemäßen, darum gesunden Fortschritt auf der Bahn des Föderativlebens, auf der Bahn, die Deutschland nicht verlassen könne, ohne seinen Frieden, seine Stärke, seine Zukunft zu gefährden. Vertraut mit dem deutschen Volksgeist im Großen und Ganzen, feiner Kenner der historischen Entwickelung, die Deutschland seit Jahrhunderten genommen hatte, kritischer Abwäger der Bedürfnisse, Ansprüche und Gewichte, welche die einzelnen Stämme des gemeinsamen Vaterlandes in der großen Wage des deutschen Nationalgeschickes gegenwärtig geltend machen, schrieb er dem Unitarismus keine reale Berechtigung zu. Fest auf dieser patriotischen Grundlage fußend, wandte er sein Augenmerk unverrückt auf jede Gelegenheit, die verfassungsmäßige Gewalt der Krone rechtgemäß zu befestigen. Er war bemüht, diese seine Tendenz den näher und ferner Betheiligten energisch zu entwickeln, und die dafür nöthigen Mittel als Richtschnur des Verhaltens den untergeordneten Beamten zu klarer Einsicht zu bringen. v. Stengel predigte dabei nicht tauben Ohren, denn der Pfälzer, überhaupt begabt mit praktischer Klugheit und maßvoller Berechnung des politisch Möglichen, hörte die Reden seines biederen, überzeugungstreuen Präsidenten mit Vertrauen an. Die Verwalteten wußten, wie sehr v. Stengel es sich angelegen seyn ließ, nach einer vorübergehenden Entfremdung, das versöhnende Mittelglied zwischen der Staatsregierung und den Unterthanen zu bilden. Auf der anderen Seite kannte auch v. Stengel seine Leute. Für manchen der sogenannten Compromittirten ist er mit seinem Namen eingestanden, und es kam wohl nicht vor, daß er sich hiebei

Täuschungen ausgesetzt hätte. Gerechte Wünsche zu erfüllen, unverkennbare Bedürfnisse zu befriedigen, war ihm die Hauptaufgabe der Verwaltung. Mängel und Gebrechen dem Minister oder dem Monarchen selbst mit freimüthiger Offenheit aufzudecken, die Mittel zu deren Abhülfe anzugeben und einbringlich zu empfehlen, besaß er ein eigenthümliches Geschick und männliche Beharrlichkeit. Er vertrat mit gleicher Wärme die Interessen des Einzelnen wie der Gemeinschaften, des Verlassenen wie des Mächtigen. Unerbittlich aber zeigte er sich dem Unverbesserlichen, dem treulosen Verräther.

Sein Verhalten als Chef der Verwaltung gegen Jene, die ihn in dieser Eigenschaft aufsuchten, war eigenthümlich und durchaus abweichend von den Präcepten einer wortkargen oder schweigsamen Bureaukratie. Wohl wußte er, wie man es ihm von mancher Seite verdachte, wie man es als eine, nicht bürgerfreundliche, sondern demokratische Vernachläßigung des Praestigium majestaticum verdammen wollte, daß er mit dem einfachen Ortsvorstande, mit dem naiven Landmanne eine Stunde lang im Präsidialzimmer auf- und abgieng, und, so meinten die Uneingeweihten, von fernliegenden Dingen plauderte. Es geschah nicht zur Kurzweil. „Nicht ein Bogen Papier soll zwischen mir und den Unterthanen meines Königs liegen," sagte er, „und damit ich den Mann recht erkenne, nehm' ich ihn auf meine Fährten, in's Examen, ohne daß er's merkt. Für seine Angelegenheit zu reden, kommt er, mehr oder weniger vorbereitet; damit auch ich erfahre, weß Geistes er ist, mit wem ich verhandle, dehne ich mich fragend und explizirend aus; so zieht mir Jeder die Larve selber ab, die er vielleicht vorgenommen hatte; so erfahre ich Vieles, was auch Andern zu Gute kommt; ich profitire vom Ehrenmann, vom Schelm und vom Schalke. Allwissend ist kein Präsident; darum übe er seine Spürkraft."

In diesen Worten zeichnet sich v. Stengel so entschieden ab, daß wir wohl nicht auszuführen brauchen, wie ihm unfruchtbare Vielgeschäftigkeit in Regierungssachen zuwider, wie er weit davon entfernt war, die Staatsverwaltung in eine große Schreiberstube zu verwandeln. Das ächte Leben erfaßte er nicht in tobten Abstractionen, sondern in individueller That. Die wahren Bedürfnisse im Volksleben zu erkennen, sie zu leiten im Sinne des socialen Fortschritts, ben die Zeit mit unwiderstehlicher Gewalt einführt und vollzieht, — hiebei die einander entgegenstehenden Interessen und Ansprüche aller Classen der Bevölkerung gerecht abzuwägen und gegenseitig, zum Wohl des Ganzen, zu begrenzen: das erkannte er für seinen Beruf.

Aber es damit Allen Recht zu machen, war unmöglich, und gelang Stengeln auch bald die Beruhigung der Provinz, so ward doch die volle Friedensstiftung allerdings noch manchmal auf die Probe gestellt, durch die Anregung mancher Fragen der socialen Gesetzgebung. Die Versuche, die Verwaltungsnormen und die Legislation östlich und westlich vom deutschen Rheinstrom zu verschmelzen, zu einer verfassungsgemäß gleichartigen und einheitlichen Schöpfung auszubilden, erfuhren große Schwierigkeiten. Abgesehen von dem mächtigen Eindruck, welchen die französische Verwaltung und die Einführung des Côde Napoléon zurückgelassen hatte, trat nach der Juli-Revolution noch ein neues Element auf, eigenthümliche Stimmungen und Ansprüche im Volke zu wecken: die massenhafte Auswanderung nach den Freistaaten Nordamerikas. Von diesem neuen Factor in der deutschen politischen Entwickelung und von seiner vielseitigen Einwirkung auf unsere gesellschaftlichen, gewerblichen und commerziellen Zustände konnte man damals in Altbayern noch keine Erfahrung machen. Aber in der Pfalz kündigten sie sich alsbald an, und wer aus den östlichen Reichen kam, konnte wahrnehmen, wie zuvörderst die gesellschaftliche Haltung des so ächt deutschen Pfälzervolkes sich von den äußern Lebensformen auf den Landen rechts vom Rheinstrome durch eine Ungebundenheit und ein nivellirendes Sichgehenlassen kennzeichne, dem man sonst in Deutschland nicht oft begegnet. Wir erinnern uns von einem geistreichen, auch als Schriftsteller berühmten Russen gehört zu haben, „in keinem Lande habe er so viele Aristokraten mit demokratischen Manieren gefunden, als in der Pfalz." Ehemals blühte in Zweibrücken ein Wittelsbacher Fürstenhof; während der französischen Herrschaft bildeten die Hauptstädte der Departements, deren Präfecte die Huldigungen römischer Proconsuln beanspruchten, eben so viele Schulen des französischen Conversationstons, der glatte Nonchalance mit feiner Förmlichkeit paarte. Und weil sich dann der lebhafte heitere Pfälzer von solchem Gesellschaftstone emancipirte, fehlte es nicht an Unerfahrnen, ihn als Demokraten zu verschreien. Verstärkt wurde der Eindruck dieser an sich ganz unbedenklichen socialen Eigenthümlichkeit für Solche, die nie in der Pfalz gelebt hatten, durch die Nachrichten über die Propaganda aus Amerika. So hatte denn auch v. Stengel nicht selten Veranlassung, irrige Annahmen zu Gunsten seiner Pflegbefohlenen zu berichtigen. Er mußte für Männer einstehen, die, bieder und wahr, ihre Rede nicht als Zeitgenossen von 1832 formulirten, sondern als wären sie Freie aus dem Jahrhundert des treuen Eckarts. Aber mehr noch, nach und nach konnte er wahrnehmen, daß der Maßstab, den er für die freie Bewegung seiner Pflegbefohlenen führte, in bestimmenden Kreisen als zu lang mißbilligt werde. Schon manche jener legislatorischen Vorarbeiten, welche zum Theil auch für die Rheinpfalz berechnet seyn mochten, wie z. B. die Neuerungen in den Gesetzen über Anfässigmachung, über Verehelichung und die Organisation der Gemeinden, oder eine neue Instruction für das Gewerbewesen mußten ihn um die Wohlfahrt der ihm anvertrauten Provinz ernstlich besorgt machen. Es gelang ihm jedoch, diese Geschenke von seinem Verwaltungskreise fern zu halten; aber er machte hie und da die Beobachtung, daß man nicht begreifen konnte oder wollte, wie er es mit seinen Ueberzeugungen unvereinbar erklärte, verbesserungsfähiges Gutes dem Mittelmäßigen, Mittelmäßiges dem Unbrauchbaren aufzuopfern. „Erst vor zwanzig Jahren," sprach er 1834, „haben wir die Fesseln der Fremdherrschaft gesprengt, und jetzt legt sich Kurzsichtigkeit die Banden selbst um den Leib! Neue Verordnungen und Gesetze gehören nicht der Vergangenheit, nicht der Gegenwart; sie sollen die Zukunft gewährleisten." Noch eines Menschenalters hat es beburft, bis eine Mehrheit sich dazu verstehen konnte, die Wahrheit in den Worten des fernblickenden Staatsmannes aus dem gründlichen Schaden und Nachtheil der Nation herauszulesen. Der männliche Freimuth, womit v. Stengel die ächten Bedürfnisse und die durch den Umschwung der Zeit bereits bewährten gesetzlichen Einrichtungen der ihm anvertrauten Provinz vertreten hat, verstärkte zwar merklich das für Wahrheit stets empfängliche allerhöchste Vertrauen; allein er paßte nicht in den Sinn einzelner einflußreicher Standeskreise. Idealisirende Regierungstendenzen, welche einer wahren Anforderung nicht entsprachen, konnte und wollte er nicht verstehen. Wenn sich ein hohler Formalismus in administrativen Experimenten ergehen oder in einer unmotivirten Vermehrung der Staatsverwaltungs-Gegenstände breit machen wollte, so galt ihm dies gleich mit Beschränkung des freien Erwerbsrechtes, des freien Verkehrs. Hierin aber sah er die sittliche Grundlage der bürgerlichen Existenz gefährdet. Niemals hatte er mit Vorliebe die Feder ergriffen. Wenn er es nun that, so ward sie ihm die Vermittlerin, wohldurchdachte Principien oder Vollzugsmaßregeln nach Oben zu entwickeln und zu vertheidigen, nach Unten energisch in Bewegung zu setzen; aber nicht selten mochte er dann die Feder auch mit dem Gedanken niederlegen: das Rechte macht ungefüg, das Wahre unbequem. Er verbot auf einer Visitationsreise den Vollzug einer, während seiner Abwesenheit erlassenen Verordnung des ihm untergeordneten oder ihm in's Geheim beigeordneten Directors, weil er sie für ungesetzlich und nachtheilig erachtete. Es war Gelegenheit, seine Bedeutung und Stellung im Verwaltungs-Organismus jener Epoche zu ermessen, und ihm, wie seiner näheren Umgebung, als den Eingeweihten, kam es nicht unerwartet, daß die Ernennung eines Nachfolgers im Regierungspräsidium erfolgte, noch ehe v. Stengel's Abberufung von dieser Stelle verfügt und eingetroffen war. Unter dem 22. November 1837 wurde er „in allergnädigster Anerkennung seiner bezeugten Treue und Anhänglichkeit" zum außerordentlichen Gesandten und bevollmächtigten Minister bei der schweizerischen Eidgenossenschaft ernannt.

Der Abschied aus der Pfalz, dem herrlich wieder hergestellten deutschen Lande, wo das Vertrauen Vertrauen gefunden hatte, wo das Verhältniß zwischen dem Verwaltungsvorstand und den Landeskindern ein inniges, liebevolles geworden war, fiel unserm v. Stengel schwer. „Würden wohl," so fragte er sich, „die mit Sorgfalt gelegten Keime segensreicher Schöpfungen volle Entwicklung finden?" — Um sich in die neue Geschäftssphäre durch geeignete Vorstudien zurecht zu finden, erbat er sich einen mehrmonatlichen Urlaub, und ließ sich in dem benachbarten Mannheim nieder. Liebe Familienbeziehungen, Erinnerung an die Tage, die hier seinen Vorfahren unter churpfälzischer Hoheit geleuchtet, empfiengen ihn. Er hatte in Stunden der Beschaulichkeit Veranlassung, jenen Gedankenkreis zu durchlaufen, der im Leben so vieler Staatsmänner gegenständlich wird: des Mannes unmittelbarer Einfluß im Innern, seine Ueberlegenheit, sein Verwaltungssystem gehörten nunmehr einem überwundenen Standpunkte an, — der überwindende Factor war dieses Hemmnisses seiner weiteren Expansion entledigt. War aber auch hiemit wirklich unnöthiger Ballast des Staatsschiffes über Bord geworfen? War die Zeit gekommen, die entgegengesetzten Kräfte frei auszuspielen? — Wenige Wochen vor v. Stengel's Fall stürzte das so vielgeschäftige als unfruchtbare System, welches sich anfänglich ihm ferner und ferner, endlich schroff gegenüber gestellt hatte. — Am 4. November 1837 ward Herr v. Abel Minister des Innern.

Warf man damals einen Blick über Bayerns Grenzen hinaus, so konnte man sich kaum dem Eindrucke entziehen, daß auch jenseits derselben, in weiteren Kreisen eine gewisse Sympathie, wenn auch nicht Solidarität, in den Wendungen und Wandlungen der Politik Statt finde. König Ernst August von Hannover hatte die Verfassung von 1833 verworfen,. und die sieben Göttinger Professoren wurden in demselben Monate abgesetzt, in welchem Bayern einen Minister sah, dessen reactionäre Wirksamkeit, zumeist auf ultramontane Strebungen (wie in der Kniebeugungs-Angelegenheit) spätere Ereignisse beschleunigt hat, weil in der moralischen Welt, wie in der physischen, die ungleichnamigen Pole sich herausfordern. Das neue Ministerium, haushälterischer mit den disponiblen Kräften der Regierung, rief Frhrn. v. Stengel in den Dienst der innern Verwaltung zurück; es ward ihm (20. Januar 1838) die Präsidentschaft des Kreises Schwaben und Neuburg in Augsburg übertragen. Waren hier auch keine so eigenthümlichen und verwickelten Verhältnisse zu ordnen, in's Geleise zu bringen und im Gange zu erhalten, als früher in der Pfalz, so fehlte es doch nicht an Gegenständen für die fruchtbare Thätigkeit eines Mannes von so freiem staatsmännischen Blick, so elastischer Thatkraft. Was sich hier zunächst als seine Aufgabe darbot, war Förderung in allen Zweigen der Industrie, des Landbaues, der Absatzwege und Verkehrsmittel. Die schwäbische Landwirthschaft empfieng mehrfache günstige Anregungen. v. Stengel war gewohnt, durch persönliche Anschauung sich von den Bedürfnissen seines Kreises zu unterrichten, und bald hatte er ein richtiges Bild von der Lage der arbeitenden Bevölkerung gewonnen. Mit Vorliebe bereiste er die Grenzdistricte seines Regierungsbezirkes, weil hier „die localen Eigenthümlichkeiten im Contraste am schärfsten hervorträten;" und besonders das schöne, fruchtbare Allgäu, bewohnt von einer gewerbsthätigen, intelligenten, im europäischen Handelsverkehre sich mit Geschick bewegenden Bevölkerung, hatte seine regste Theilnahme auf sich gelenkt. Er besuchte die Hütten der Aelpler, er pflegte lange und eingehende Unterhaltungen mit den Notabeln der Bezirke, deren ungeschminkte Berichte in alle Falten des Volksgeistes und seiner Wünsche Einsicht gewährten.

Von den verschiedenen Aufgaben, deren Lösung sich v. Stengel in der Verwaltung des schönen Kreises angelegen seyn lassen mußte, nennen wir die Verhandlungen zur Ablösung der Segelschifffahrt auf dem Bodensee und die Mitwirkung zu einer regelmäßigen Dampfschifffahrt, die Vorbereitungen für die Ausdehnung des Eisenbahnnetzes, Flußcorrectionen und Donau-Dampfschifffahrt, eine liberalere Behandlung der Ansässigmachungs-, der Verehelichungs- und Gewerbe-Verhältnisse, freiere Entwicklung des Schul= und Unterrichts=Wesens. Und noch eine Angelegenheit, die wir lieber mit Stillschweigen über=giengen, wenn es sich uns nicht um historische Wahrheit han=delte, nahm seine unausgesetzte Aufmerksamkeit und vorsichtige Leitung in Anspruch: die Erhaltung und Befestigung des con=fessionellen Friedens.

Die gute und schöne alte Stadt Augsburg empfindet von Zeit zu Zeit Anfechtungen auf diesem Gebiete, welche, zur Ehre der Bürgerschaft sey es gesagt, nicht sowohl in Haber aus dogmatischen Mißverständnissen gründen, als in den Conflicten von Rechtsanschauungen in einer großen, reichen und mit zahl=reichen Stiftungen gesegneten Gemeinde, in einer Gemeinde, welche in unserer, an Compromissen so reichen deutschen Ge=schichte, sich zu formaler wie realer Parität der Confessionen durchentwickelt hat. v. Stengel war so glücklich, manche bei solchen Stürmen hervortretende Klippen zur Zufriedenheit aller Partheien zu umschiffen, und er empfieng daher mit inniger Freude die Würdigung seines versöhnenden Patriotismus, welche ihm die Augsburger Bürgerschaft durch ihr Ehrenbürger=Diplom, in kostbarer und kunstreicher Form, entgegenbrachte. Sie be=kundete darin, daß sie v. Stengel's vielfache Verdienste „um das materielle Gedeihen und das geistige Wohl der Stadt=gemeinde" anerkenne. Auch von seinem Monarchen erhielt er als Ausdruck königlichen Wohlgefallens an seiner ersprießlichen Thätigkeit (1840) das Komthurkreuz des Ordens vom heiligen Michael. Solche lichte Freuden des treuen, freisinnigen Pa=trioten wurden aber von Zeit zu Zeit durch sich wiederholende Störungen seiner Gesundheit beschattet, welche er selbst und seine nächsten Angehörigen als Nachwehen der in der Pfalz er=littenen Schädlichkeiten erklärten. Sie gaben übrigens dem charakterstarken Manne Gelegenheit zu zeigen, wie man körper=

liches Ungemach durch die Kraft eines eisernen Willens zu be=
wältigen vermöge. Nur selten und auf kurze Zeit hemmten
die, oft bedenklichen Krankheitsanfälle die Amtsthätigkeit des
gewissenhaften Staatsdieners.

Doch bald sollten sich auch andere Hemmnisse dem unver=
rückten, festen Gange des liberalen Regierungs=Präsidenten ent=
gegenstellen. Es lag damals ein eigenthümlicher Rauch auf
dem Lande, und bald nach Antritt des Ehrenpostens zu Augs=
burg ward Stengeln von sehr beachtenswerther Seite der Wink,
vorsichtig zu seyn, und nicht Gelegenheit zu dem verdächtigen=
den Gerüchte zu geben, als beabsichtige er, den Regierungsbezirk
zu „palatinisiren, oder zu verpfälzern!" Schon im Jahre 1837
hatte ein über den Partheien schwebender Wille von Stengel's
gänzliche Entfernung aus dem öffentlichen Dienste weise und
wohlwollend verhindert. Gleichsam im Finstern kämpften da=
mals in Deutschland diametrale Kräfte mit einander und die
Spannung trat in mehreren bedeutsamen Regierungshandlungen
an die Oberfläche. In Preußen wurde der Erzbischof von
Köln Droste zu Vischering nach Münster abgeführt (1837), der
Erzbischof Dunin in Posen verhaftet; — tiefe Mißstimmung
der rheinischen Katholiken, — Unbotmäßigkeits=Erklärung der
niedern polnischen Geistlichkeit; — gleichzeitig aber Auswan=
derung der sächsischen Altlutheraner nach Nordamerika, der
schlesischen Dissidenten nach Australien; — in Tirol den Jesuiten
die Schulen und die Universität Innsbruck übergeben. In
Bayern aber erschien am 14. August 1838 die (i. J. 1845
zurückgenommene) Ordre wegen der Kniebeugung. Aus gewissen
Regierungskreisen strömte ein Geist mittelalterlicher Reaction
aus, dem man, naiv genug, bei allen Beamten ohne Unterschied
Eingang zutraute oder wohl mit drohender Miene zu erzwingen
hoffte. So ward es gerechten und verfassungstreuen Naturen,

insbesondere Solchen, die die Strömung der Zeit in ihrer gan=
zen Wucht und Richtung erkannten, zur Unmöglichkeit, das
System der Staatsregierung in den confessionellen Fragen buch=
stäblich durchzuführen. Zu ihnen gehörte v. Stengel und eine
merkliche Spannung gegenüber dem leitenden Minister war die
Folge. Beide waren hochbegabte, aber von Grund aus ver=
schiedene Naturen: der Eine einem abstracten Ziele zustrebend,
der Andere nur von dem Grundsatz geleitet: „das Volk will
leben, d. h. es will eine Zukunft." So mußte denn die volle
Disparität dieser beiden geschlossenen und hartnäckigen Naturen
zumal auf dem Gebiete des Gedankens hervortreten, um sich
feindlich zu begegnen. (Sie standen außerdem in einem ver=
wandtschaftlichen Verhältnisse zu einander.) Frhr. v. Stengel
erklärte unumwunden: das System der Staatsregierung in
confessionellen Fragen buchstäblich durchzuführen, sey gerechten
und verfassungstreuen Männern eine Unmöglichkeit. Er betonte,
wie gerade auf dem Felde religiöser Ueberzeugungen Eingriffe
der Staatsgewalt mißlich, ja gefährlich seyen. Richterliche Er=
kenntnisse aus einer willkührlichen Gesetzdeutung hervorgegangen,
beleidigten auf's Tiefste des Volkes Rechtssinn, vergifteten die
öffentliche Moral, machten irre an der Heiligkeit des Rechtes,
an der Würde des Richterstandes, untergrüben die dem Bayern=
volke so theuere und vielerprobte Loyalität. Er erinnerte, wie
ein am Anfang des Decenniums gegen überschwängliche poli=
tische Utopien und jugendlich=demokratische Velleitäten willkühr=
lich zusammengesetztes Spruchcollegium, das wegen seiner Härte
im Volke mit gehässigem Namen sey bezeichnet worden, nichts
zurückgelassen habe, als einige (auf beiden Seiten) zerstörte
Existenzen, ein weitverbreitetes Mißtrauen und die Beschämung,
die edelsten Waffen auf unedle Weise gegen Schatten geführt
zu haben. Wolle man aber etwa gar die Gewissen vor die

Schranken der Polizei fordern, so gefährde man wohlthätige Kräfte, die der Staatsorganismus zum Schutze der Bürger aufgestellt habe, für deren Qual zu verwenden. — Aber solche Grundsätze wurden mit vornehmem Achselzucken beantwortet; — die Reaction rollte abwärts, dem Jahre 1848 entgegen.

Inzwischen bewegten sich in jenen Jahren die mit einander ringenden Kräfte freierer politischer Bewegung und des Stillstandes oder Rückganges durch ganz Europa und besonders lebhaft durch Deutschland in mancherlei Schwankungen und Compromissen hin und her. Im Jahre 1838 erzitterte Spanien noch unter den Schlägen eines erbitterten Bürgerkrieges, während die junge Königin Portugals eine neue Constitution annahm; — die k. österreichische Regierung sah sich veranlaßt, in dem tief aufgeregten Italien eine politische Amnestie zu verkündigen, während die Verfassungskämpfe in Hannover und Churhessen von den Sympathien des deutschen Volkes vor den Bundestag begleitet wurden. Die darauffolgenden Jahre brachten der iberischen Halbinsel nach mehrfältigen Zuckungen Frieden, aber in England und Frankreich wechselten die Ministerien; — in Schleswig-Holstein traten sich feindliche Partheien immer schroffer gegenüber; — in der Schweiz, im Kirchenstaate, in Ungarn, Griechenland erhoben sich politische Stürme oder sie bereiteten sich vor in Proportionen, welche die Diplomatie mit Sorge erfüllten. Rußland zog sein strenges Regiment in kirchlichen und administrativen Dingen immer straffer, aus den Ostsee-Provinzen, aus Polen, für das der Papst unfruchtbare Bitten laut werden zu lassen nicht müde ward, vernahm man Klagen, und der deutsche Geist, der seit 150 Jahren wie ein Pionier freier Menschenbildung seine Kräfte nach Rußland zu übersiedeln gewohnt war, fühlte sich mit Unbehagen dort beengt oder ausgeschlossen.

Und in dieser Epoche, die über gewaltigen Erschütterungen brütete, saß Frhr. v. Stengel als Censurbehörde in Augsburg, von wo die Allgemeine Zeitung, in Deutschland das älteste Organ des allgemeinsten politischen Bewußtseyns, Tag für Tag die Flügelschläge der Zeit registrirte und durch ein Heer über die ganze Erde verbreiteter Correspondenten commentirte. Daß die Menschheit im Großen und Ganzen, auch bei scheinbaren Rückschritten, unaufhaltsam vorwärts schreite, daß gegenwärtig keine Thatsache todtgeschwiegen werden könne, wenn sie lebendige Keime des Fortschrittes in sich trägt, und daß jede ächte Wahrheit auf dem unermeßlichen Felde des kosmopolitischen Publizisten eine solche Thatsache sey: das waren die Ueberzeugungen des feinsinnigen, bedächtigen Stegmann, des vielseitig gelehrten Zöglings der Karlsschule Lebret, des feurigen Weitzel und anderer heller Köpfe gewesen, die in jenem wirksamen Zeitblatt gearbeitet; sie waren als Erbschaft auf Gustav Kolb übergegangen, dessen Gluth für Glück und Ruhm des großen deutschen Vaterlandes die Mauern des Asperges nicht abgekühlt hatten. Frhr. v. Stengel war nun mit der Censur der Allgemeinen Zeitung betraut; sie gehörte in den unmittelbaren Kreis seiner persönlichen Amtsthätigkeit, und er suchte dieser Verpflichtung in liberalem Sinne zu genügen. Gewohnt, mit maßvollem Urtheil die Strebungen jener vielbewegten Zeit zu verfolgen, fühlte er, wie jener Campetti verborgenes Metall oder die in der Erde strömenden Gewässer, so den Surturbrand der Gedanken, der sich in der Tiefe der Geister ausbreitete. Gewissenhaft war er bemüht, das, was sich verhüllte, und das, was der öffentliche Geist frei kundgab, in seiner Gegenseitigkeit zu fassen. Er behauptete, daß die den bestehenden Staatsformen feindlichen Strebungen so lange Bundesgenossen der legitimen Gewalt seyen, als sie dem Sicherheitsventil der freien Presse entströmten, daß sie auf dem offenen Felde der Discussion Abklärung, Beschränkung erführen und entweder Abhülfe bestehender Gebrechen und Nöthen herbeiführen könnten, oder wenn sie es verdienten, alsbaldiger Mißachtung und Vergessenheit anheim fallen würden. Aber, setzte v. Stengel bei Gesprächen über diesen Gegenstand lächelnd hinzu, der Regierungsfactor muß in der Presse eben so gut disputiren können, als sein literarisch, vielleicht auch publicistisch wohlgeübter Widerpart. Wenn dieser mit einer scharfen Feder schreibt, der Regierungs-Commissär mit dem Zopfe, dann sieht es freilich mißlich aus mit der Berichtigung der öffentlichen Meinung zu Gunsten einer loyalen Beurtheilung der bestehenden Verhältnisse und im Sinne des gesunden, von Parthei-Interessen unbeirrten Fortschrittes. „Ich will auch nicht verkennen," so fuhr er mit ernsterer Miene fort, „daß in Deutschland, dessen Geschichte die tausendjährige Kette von Compromissen ist, ohne vollständigen Abschluß klarer Verhältnisse, zwischen den Conflicten der einzelnen Regierungen, eine reale, nicht blos doctrinäre Belehrung, eine gesunde, naturwüchsige Entfaltung aller berechtigten Elemente im Volksleben von vielen Schwierigkeiten umgeben ist. Immer jedoch wird diese allgemeine Fortbildung der Nation einen unbedenklichen Verlauf nehmen, wenn sie in einer freien, ich sage nicht in einer zügel- und maßlosen Presse, freimüthig und anständig, besprochen werden darf. Was wir dagegen fürchten müssen, das sind die im Finstern schleichenden Umtriebe utopischer Schwindler, antinationaler Politiker, gewissenloser mit Existenzen Einzelner und mit der Wohlfahrt Aller keck spielender Speculanten. Sie bemühen sich, unterirdische Kräfte in Fluß zu bringen. Von ihrem Treiben hätten wir nur vulcanische Ausbrüche zu erwarten, die, so lehrt uns die Geschichte aller Revolutionen, zuvörderſt ihre Urheber ſelbſt vernichten. Uebrigens wird Deutſchland, in ſo vielen ſeiner induſtriellen und commerziellen Elemente gehemmt und gegen die Wucht engliſcher Volkswirthſchaft, franzöſiſcher Social-Einrichtungen gebunden und zurückgeblieben, am meiſten durch den Anſtoß bürgerlicher, geſellſchaftlicher Bedürfniſſe auf politiſche Reformen hingetrieben." So dachte und ſprach Frhr. v. Stengel um das Jahr 1841. Eindringlich und mit männlichem Freimuth ſtellte er dem Miniſterium Abel vor, daß das Syſtem der Preßcenſur, wie man es damals handhabte, ſich nicht nützlich erweiſen könne, daß es auf die Dauer nicht zu halten ſey; er warnte fortwährend vor dem Heraufbeſchwören jener gewaltſamen und unausbleiblichen Rückſchläge in der öffentlichen Meinung zum Drang auf Veränderungen, welche denn auch in der That nur wenige Jahre auf ſich warten ließen.

Die Annalen der Allgemeinen Zeitung könnten manches beherzigenswerthe Material liefern, um die ſtaatsmänniſch richtige Auffaſſung v. Stengel's zu bezeugen, und nachzuweiſen, wie feſt und maßvoll er eine vermittelnde Stellung zwiſchen der Preſſe und ihren ſich überſtürzenden Verfolgern eingenommen habe.

Man darf es wohl als eine verhängnißvolle Verblendung des damaligen oberſten Leiters der Polizei bezeichnen, daß ſein Mißtrauen in die Einſicht und den Patriotismus des Kreis-Präſidenten ihn bis zur Einrichtung eines von dieſem unabhängigen Preßcenſur-Amtes fortreißen konnte. Mit markigem Griffel der Entrüſtung zeichnete v. Stengel das gegen ihn angewendete Gebahren und die dabei thätigen Perſonen und erwartete in der Gelaſſenheit ſelbſtbewußter Tugend ſeinen aber-

maligen Sturz. Am 30. November 1843 wurde der „unbe=
queme Frondeur" seiner in langer Dienstlaufbahn gewohnten
Thätigkeit eines Verwaltungsbeamten enthoben, um als Präsi=
dent des Appellations=Gerichtshofes zu Neuburg a/D. eine richter=
liche Function zu übernehmen.

Als v. Stengel in dieses neue Amt eintrat, hatte er be=
reits das sechzigste Lebensjahr erreicht; aber er ergriff es mit
der ihm eigenen Energie. Sein Gerechtigkeitssinn hatte bereits
manche Proben abgelegt, sein ausgeprägter biederer Charakter
befähigte ihn ganz besonders zur Vorstandschaft eines größeren
Justizhofes.

Obwohl dem weitläufigen schriftlichen Verfahren entfrem=
det, welches bei seinem Amtsantritte in den dießrheinischen
Kreisen noch in voller Blüthe stand, und ein abgesagter Feind
überflüssigen Formenkrams mußte er sich doch auch in dem
neuen Berufszweige bald zurecht zu finden. Voll treuer Hin=
gebung an den Dienst und das öffentliche Interesse pflegte er
das neue Amt. Was der gesunde Menschenverstand, in der
edelsten Bedeutung dieses Wortes, vermochte, das leistete er,
zurückkehrend zu Geistesarbeiten früher Jahre. Mit seinem
durchdringenden Verstande und energischem Willen nahm er die
Zügel des ihm anvertrauten Gerichtshofes in die Hand, und
führte sie zu seiner und allgemeiner Befriedigung. Unter seiner
Anregung und Leitung entstanden mehrere zweckmäßige Einrich=
tungen. Wir nennen die Gründung der reichen Bibliothek des
Gerichtshofes. Es war ihm hier vergönnt, sich bei der nun
endlich in's Leben gerufenen Durchführung der Oeffentlichkeit
und Mündlichkeit des Strafverfahrens (1849) thätig zu bethei=
ligen, und mit besonderer Genugthuung blickte er hierauf, als
auf die Realisirung eines alten Lieblingswunsches.

Im Jahre 1844 wurde Frhr. v. Stengel in der ruhigen Stille des Neuburger Aufenthaltes erfreulich überrascht durch einen Besuch des damaligen Kronprinzen, nachmaligen Königs Maximilian II. Der für wissenschaftliche Fortbildung seines Volkes eifrig besorgte Fürst forderte von Stengel Rath und Gutachten über die Anlage und Einrichtung der von ihm beabsichtigten Schule für Staatsmänner (Athenäum). Das abgegebene Gutachten über Aufgabe, Richtung, Grundzüge und Lehrplan des Instituts u. s. w. darf als Muster für eine derartige Schöpfung gerühmt werden. Frhr. von Stengel sprach sich, ausgehend von dem Gedanken, daß der wahre Staatsmann aus der Familie in's öffentliche Leben hineinwachsen müsse, gegen die Form eines Knabenseminars und für freiere akademische Einrichtungen aus. Er betonte vor Allem die Nothwendigkeit, in den Köpfen der Jünglinge jene Fähigkeiten zu wecken, welche sie geschickt machen, bald die großen Probleme wahrzunehmen, welche die Zeit bringt. Er verlangte für sie, als Grundlage, eine ächt humanistische, vom Hauche des classischen Alterthums belebte, Bildung, dann eine sorgfältige, zumal mathematische Schule des praktischen Verstandes, eine liberale Behandlung der Geschichte, endlich alle jene Lehren und Einwirkungen, die den jugendlichen Geist befähigen, sich richtige Anschauungen über die Volksbedürfnisse zu verschaffen. Er wollte junge Staatsmänner nicht blos für den glatten Boden der Diplomatie erzogen, sondern für das Leben des Volks mit seinen vielfältigen Ansprüchen. Er eiferte gegen jenen Particularismus, der sich kurzsichtig mit dem Patriotismus verwechselt. Er wünschte, daß das Wesen der deutschen Stämme nicht minder als die Eigenart anderer, einflußreicher Völker dem Candidaten für höheren Staatsdienst auf Reisen und im Verkehre mit den Bewegungskräften der modernen Industrie und des Welthandels aufgeschlossen werde. Die hohen Ziele, welche er sich in einer langen und einflußreichen Dienstlaufbahn gesteckt hatte, konnten, das wußte er wohl, nicht Aller Ziele seyn; aber das verlangte er von jedem Staatsdiener, daß er auf seinem, wenn auch noch so beschränkten Standpunkte, nicht aufhöre an seiner geistigen Fortbildung zu arbeiten. „Wie das allgemeine bürgerliche Wohlbefinden, nach dem Ausspruche eines großen Chemikers, an dem Verbrauch von Seife in einem gegebenen Lande bemessen werden kann, ebenso," sagte v. Stengel, „ist die Consumtion guter Kenntnisse und Gedanken, die die Literatur ohn' Unterlaß bringt, durch die Staatsdiener ein richtiger Maßstab für ihren Eifer im Dienste, für ihr expedites Wirken zum Besten der Staatsangehörigen. Schließt dagegen der junge Verwalter des öffentlichen Rechts mit seinen Collegienheften ab, meint er nun im todten Gange der Büreaukratie aufgehen zu dürfen, blickt er nie über den Actenstaub in die großen, stets weiter rollenden Evolutionen des großen Volkslebens hinaus, dann wird er jenes ungelenke Rädchen im Staatsorganismus, das der Volkswitz als „Staatshämorrhoidarius" gering achtet."

Wer Stengel's Forderungen strengster Pflichterfüllung genügte und ihm einen festen, offenen Charakter zu zeigen wußte, dem ward und blieb er ein väterlicher Freund. Manches aufstrebende Talent verdankt es seiner Menschenkenntniß, seinem Freimuth und unpartheischem, von Standesvorurtheilen unbefangenem Urtheile, an's Licht gefördert und zu ersprießlicher Thätigkeit verwendet zu seyn.

Fürwahr, wir können uns dem Gedanken nicht entziehen: wären die obersten Verwaltungsstellen in den deutschen Staaten von länger und früher her mit Männern von Stengel's Charakter, Begabung, Kenntnissen, Rechtschaffenheit und erfahrungsreichem staatsmännischen Blick besetzt gewesen, so würden die Stürme von 1848 über Deutschland nicht ergangen seyn. Vieles, was eintrat, hatte er längst vorher divinirt und freimüthig nach Oben angedeutet. Als dann die Krise eintrat, war er als treuer Diener der Monarchie bemüht, dem Unfuge zu steuern, dem Umsturz entgegenzuarbeiten. Aller Einschüchterungen ungeachtet wußte er furchtlos Justiz zu üben.

So wirkungsreich sich auch v. Stengel's Thätigkeit in den Hallen der Themis entfaltete, so fühlte er sich doch von ihr nicht in gleichem Maaße angesprochen wie von der Geschäftssphäre einer politischen Administration, für die zumeist er leiblich und geistig angelegt war. Das Ausscheiden aus der richterlichen Dienstactivität erschien ihm, wie er mit zunehmenden Jahren öfter aussprach, nicht unwillkommen. Diesem Wunsche wurde, nachdem er das siebzigste Lebensjahr erreicht und sechsundvierzig Jahre lang seinem König und Vaterland gedient hatte, am 25. Februar 1854 durch Allergnädigste Versetzung in den Ruhestand, Gewährung.

Im Frühling 1854 verließ er Neuburg a/D. und siedelte nach München über, wohin ihn liebe Familienbande und ein mannigfaltiger geistiger Verkehr zogen. So folgte auf einen an Erfahrungen, Stürmen, ja Gefahren reichen Lebenstag ein ruhiger, freundlicher Lebensabend, im Genusse eines seltenen Familienglückes. Sieben Söhne, fünf Töchter, drei Schwiegersöhne und dreizehn Enkel, mehrere in München, alle in Bayern wohnhaft, umgaben das ehrwürdige Aelternpaar. B. v. Stengel hatte sich die volle Lebendigkeit und Vielseitigkeit des Geistes bewahrt. Gleichwie er während seiner administrativen Laufbahn durch seine einläßigen Fragen und wohlbegründeten Rathschläge oft die Bewunderung eines praktischen Fachmannes aus dem Volke erweckt hatte, so setzte noch der hochbetagte Greis durch die

vielartigen Kenntnisse in mancherlei Wissensgebieten und durch
die Theilnahme an den Bewegungen der Literatur die Gelehrten in Erstaunen, welche in Berührung mit ihm kamen. Besonders für seine Lieblingsfächer, die Optik, Mechanik und
Geologie erhielt er eine seltene Empfänglichkeit. Mit enthusiasti-
scher Freude nahm er Antheil an den Entdeckungen und Erfin-
dungen seines Freundes, des genialen Physikers Steinheil, die
dieser ihm immer zuerst mittheilte. In der heiteren Gelassen-
heit eines Weisen pflegte er eigenhändig sein Blumengärtchen
oder meditirte er über die großen Probleme, die sich dem Alter
in erhöhter Bedeutung darbieten. Wenige Wochen vor seinem
Tode konnte man Kuno Fischer's Geschichte der neueren Philosophie und Beckers' Abhandlung über die Unsterblichkeitslehre
Schelling's auf seinem Schreibtische liegen sehen. So begieng er in
voller Rüstigkeit und ungeschwächter Geistesfrische am 27. October
1865 seinen zweiundachtzigsten Geburtstag; vor ihm lag die
Aussicht, das Fest fünfzigjähriger Ehe mit der geliebten Gattin
feiern zu können, die ihn mit Anmuth und Treue durch's Leben
begleitet hatte. Die schönen Herbsttage lockten den Greis täg-
lich zum Besuche des Hausgärtchens, in dem er noch am
2. November die letzten Blumen abschnitt. Aber schon zwei
Tage später fühlte er sich von einer Erkältung belästigt, und
ein heftiger Bronchial-Katarrh warf ihn auf's Krankenbett. Er
sollte sich daraus nicht mehr erheben; aber er machte es unter
den Qualen des erschöpfenden Hustens und schlafloser Eng-
brüstigkeit zum Schauplatz starkmüthiger Geduld; umgeben von
mehreren der Seinen, die zum letzten Abschied herbeigeeilt
waren, machte er es zum Schauplatze der Fürsorge und Dankbarkeit eines liebevollen Gatten und Familienvaters, — gegenüber dem Träger religiöser Weihe zum Sterbebett eines gläubigen
getrösteten Christen. Wenige Stunden nach diesem ernsten

Momente verließ ihn das klare Bewußtseyn, und am 5. De=
zember beschloß er ohne Todeskampf sein fertiges Erbenleben.

Es war ein edles, würdiges Leben, das Carl A. L. Frhr.
v. Stengel hinter sich gelassen, und Alle, die neben seiner offenen
Gruft gestanden, und viele Andere, die ihn gekannt, werden
mit dem Schreiber dieser Lebensskizze sagen: möchten wir doch
immer recht viele solcher Männer besitzen.